Athon
Labar

Athon
Labar

Lourdes Urrea

EDICIONES CASTILLO

S.A. DE C.V.
MONTERREY
NUEVO LEÓN
MÉXICO

Editor:
Enrique León

Asistente editorial:
Perla Maldonado Almaza

Composición y diagramación electrónica:
Laura Plata Peña

Ilustración de portada:
Benjamín Orozco

Diseño de portada:
Ernesto Rodríguez Avella

© Derechos reservados por el autor:
Lourdes Urrea

Athon Labar
Serie: Castillo del terror

© Primera edición, 2003
Ediciones Castillo, S. A. de C. V.
Priv. Fco. L. Rocha núm. 7,
Col. San Jerónimo, C.P. 64630
Apartado postal 1759
Monterrey, Nuevo León, México
e-mail: castillo@edicionescastillo.com.mx
www.edicionescastillo.com.mx

Miembro de la Cámara Nacional
de la Industria Editorial Mexicana
Registro núm. 1029
ISBN: 970-20-0309-1

Impreso en México
Printed in Mexico

Capítulo 1

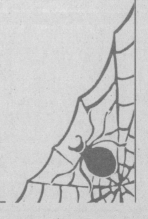

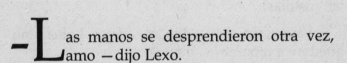

–Las manos se desprendieron otra vez, amo —dijo Lexo.

—Tendremos que intentarlo con otro cuerpo, uno más joven, este está muy viejo ya —respondió el doctor Labar.

—Es que en el cementerio es lo único que se puede conseguir. Casi todos los difuntos son ancianos, a menos que sean muertes por accidente —explicó Lexo.

— No me recuerdes eso, nunca voy a poder olvidar...

—Esta noche buscaré al enterrador para encargarle algo "más nuevo", amo —lo interrumpió el ayudante tratando de animarlo.

El doctor Labar levantó la cabeza al oír el sonido de la puerta del laboratorio abrirse, seguida de la potente voz de Irina, esposa de Lexo.

—Un poco de comida será buena para sus cuerpos que ya no están tan nuevos tampoco —dijo la mujer que había alcanzado a escuchar una parte de la conversación.

—¡Ah!, mi fiel Irina, siempre atenta a las cosas terrenales —exclamó Athon Labar.

—Sí, y escuchando tras la puerta —dijo Lexo fingiendo enfado y abrazando a su esposa.

—Vengan a comer Lexo, ya casi no queda nada terrenal en ti —respondió ella tocándolo en las costillas.

—Vayan sin mí —dijo el doctor Labar, me quedaré a reparar las manos.

—Como diga, amo. Vuelvo enseguida —contestó el ayudante.

Lejos de ahí, en la gran ciudad, un chico y su madre discutían.

—¡Ya tengo 16 años, mamá! —gritó Ivo enojado.

—¡Huy! cuántos...

—No te burles, ¡toda la escuela va a ir! —insistía al chico.

—¿Ah, si? yo creía que sólo los de secundaria —respondió la madre.

—Bueno, es un decir, todo secundaria va a ir, hasta los enanos de primer año, no me hagas esto mamá. ¿Quieres que me humillen hasta fin de año? No me la voy a acabar con mis compañeros.

—Nunca querría yo hacer tal cosa —contestó la madre mientras picaba zanahorias sobre la mesa de la cocina.

—Ni siquiera me estás haciendo caso, por favor, mamá.

—Es muy peligroso, Ivo. Ponte en mi lugar, ya perdí a tu padre, y tú eres todo lo que tengo en la vida. No quiero exponerte, ¡no debo exponerte!

—No me va a pasar nada, mamá, no seas paranoica, no puedes tenerme encerrado en una cajita de cristal para siempre.

—No es para siempre, sólo mientras vives en esta casa, y cuida tu boquita porque puedes meterte en problemas, no voy a tolerar groserías.

—No quise decirte que estás paranoica mamá; pero, papá se fue, tal vez él mismo decidió irse, no lo sabemos, han pasado dos años ya... —agregó el chico en voz baja.

—Te estás pasando, Ivo...¿Quieres ir o no?

—Considéralo mamá, al menos promete que vas a pensarlo.

—Está bien, ¿cuándo es esto?

—El próximo viernes. Tengo que llevar autorización escrita.

—Tengo dos días más para pensarlo, ¿verdad?

—Pues sí, tienes dos días aunque yo no coma ni duerma de pura ansiedad. ¿De qué me sirve sacar siempre buenas calificaciones? Soy un buen hijo, voy a donde digo que voy, no como otros de mis compañeros... ¿De qué me sirve si cuando necesito algo, me lo niegas?

—¡*Ay*, Ivo! Me vas a hacer llorar —dijo la madre sonriendo—. ¿Así de sufrido vas a estar de aquí al viernes? No creo que pueda soportarlo.

—Es sólo una excursión a San Patricio mamá, no voy a ir a la selva del Matto Grosso, ni me voy a ir de casa para toda la vida como... —el chico se calló, sabía que lo que iba a decir lastimaría a su mamá.

—Dilo, "como mi papá". Espero que seas abogado cuando seas grande.

—¡Ya, mamá! Encima te burlas —contestó Ivo enfadado y con los ojos clavados en el suelo.

—De verdad, serías formidable, no perderías ningún caso.

—¿Eso quiere decir que tengo permiso? —exclamó Ivo sonriendo de oreja a oreja.

—*Humm*.....está bien —respondió la señora.

—¡Eres lo máximo! , tengo que hacer una llamada— anunció Ivo ya casi saliendo de la cocina.

—No tan rápido, —dijo la madre— hay una condición que debes cumplir si quieres ir a la excursión.

—¡Ya sabía que era demasiado bueno para ser verdad! —dijo Ivo bajando los brazos y volviendo sobre sus pasos.

—El único hermano de tu papá vive en ese pueblo al que vas de excursión. Tu papá le escribía a la oficina de correos de San Patricio. Creo que sería una buena idea que lo buscaras, una corta visita para mantener el contacto, después de todo, es tu tío.

—Pero mamá, no lo conozco, ni siquiera se cómo se llama...

—Se llama Athon, Athon Labar. Yo me quedaría más tranquila. Así, si llegaras a necesitar algo, quizá él pudiera ayudarte.

—¿Te digo una cosa? —preguntó Ivo.

—¿Qué cosa? —preguntó su madre.

—Sabía que me dejarías ir —dijo el chico con aire travieso.

—¿Sabes una cosa? —preguntó la señora.

—¿Qué cosa? —respondió Ivo, siguiendo el juego.

—Siempre tuve la intención de dejarte ir, sólo me gusta verte suplicar —dijo la madre riendo.

—¡Malvada! —le contestó el chico con cara de sufrimiento.

—Ahora promete que harás lo posible por ver a tu tío.

—¡Lo prometo, mamá! ¡Gracias!

El chico no podía creer su buena suerte. Desde, desde la desaparición de su padre, su mamá no le permitía salir de la ciudad por ningún motivo, era increíble que lo hubiera dejado esta vez. Su amiga Camila iba a ser la primera en saberlo.

—Cami, no lo vas a creer, ¡tengo permiso!

—¡Excelente, Ivo! Yo también —exclamó Camila.

—¿Y los demás?

—Todos listos. —Dijo la chica— Habrá dos salidas: La primera, con el padre Emiliano, en la que nosotros salimos. Al día siguiente salen los demás con el maestro de educación física en el camión grande.

—¿Cuántos somos? —preguntó Ivo.

—No lo sé, como siete incluyendo al padre Emiliano, cabemos bien en el microbús. Dice que somos el grupo de avanzada porque llevaremos las tiendas de campaña y los víveres.

—No puedo esperar —dijo Ivo emocionado.

—Ni yo, ¿vas a llevar tu rifle de diábolos? —preguntó la joven.

—Sí, y mi cuchillo de montaña, pero sería increíble que mi mamá me dejara llevar el rifle de papá.

—El padre Emiliano no lo aprobaría.

—Tal vez sí, si creyera que es mi rifle de diábolos. ¡Tengo una idea genial! —exclamó el chico misteriosamente.

Capítulo 2

El gran día llegó y el grupo compuesto por cinco chicos y dos sacerdotes se puso en camino hacia la montaña. El padre Emiliano sonreía al oírlos cantar y reír. El chofer, quien era también un Franciscano, los molestaba diciéndoles que parecían pollos en agonía.

—¿Qué se llama San Patricio del Río este lugar, padre Emiliano? —preguntó Camila.

—Ahora lo verás Camila, el río Lerma pasa raudo y caudaloso a un lado del pueblo. Tendremos que cruzarlo a través del único puente que hay, pero es muy seguro, ha estado ahí por cientos de años.

Dos horas más tarde, cansados pero emocionados, llegaron a la falda de la montaña. El pueblo había quedado atrás, a varios kilómetros de distancia.

—No está muy soleado, espero que el clima mejore para cuando lleguen los demás —comentó el padre Emiliano.

—Ese rifle está impresionante, Ivo —exclamó el padre Mariano mientras desempacaban.

—Me lo regaló mi papá —contestó Ivo guardando el rifle de nuevo en su funda.

—Camila, por favor, tú te encargarás de alcanzarnos los sujetadores. ¡Ivo, Alex!, traigan las tiendas de campaña. Manuela y Federico, bajen los víveres y el botiquín —ordenó el padre Emiliano—. Padre Mariano, ayúdalos por favor, a montar la cocina.

Los muchachos trabajaban con verdadero ahínco, sabían que eran los expertos del grupo en cuestión de campamentos y eso los hacía sentir muy bien. Dos horas después las tiendas de campaña y las áreas de cocina y fogata estuvieron listas.

—Tendremos que ir por leña antes del atardecer. Vamos al río a buscar un lugar para instalar el baño y traigamos agua de una vez —indicó el padre Emiliano, y tomando un pico y una pala, comenzó a caminar hacia el río. Los chicos lo siguieron llevando un par de cubetas.

—Parece que va a llover, padre —comentó Camila.

—Espero que no, el reporte del clima era bueno, a pesar de ser una zona húmeda por naturaleza, se supone que no es temporada de lluvia todavía —respondió él.

—Pues está muy nublado —agregó Federico.

—Hoy les enseñaremos cómo hacer una fogata niñas —respondió el padre Emiliano— estos "señores" ya son expertos, —agregó señalando a Federico y a Ivo— pero todo debemos estar preparados y familiarizados con las medidas de seguridad y supervivencia. Un accidente o una fogata mal apagada puede ser fatal, especialmente si uno fuma, ¿verdad Federico?

—¿Por qué yo, padre?

—Porque a tus diecisiete años ya puedo ver en tus dientes lo amarillo de la nicotina y puedo oler tus cabellos a tabaco y muy pronto tus uñas comenzarán a mancharse también; ni hablar de tus pulmones; pero si vas a esconderte para fumar y arruinar tu salud en privado, por favor hazlo junto al río, moja tus colillas y guárdatelas —terminó diciendo el padre Emiliano con voz autoritaria. Todos callaron, sabían que era verdad que Federico fumaba a escondidas.

—Sí, padre —contestó Federico aceptando las palabras de regaño del sacerdote.

—Bien, ¡Manuela, Camila!, vayan por agua en estas cubetas, mientras nosotros construimos un cuarto de baño para ustedes.

—¡*Ay*, padre! Es lo malo de venir con niñas, todo tiene que ser especial para ellas —protestó Alex.

—Cuidado con tus palabras Alex, recuerda que tu mamá fue una niña también, trátalas siempre con respeto.

Los chicos se miraron entre sí, no era un buen día para bromear con el padre Emiliano, mejor harían en seguir sus instrucciones obedientemente. Las voces de Camila y Manuela jugando a la orilla del río llegaban hasta ellos claramente. Parecían estar mojándose una a la otra y reían. De pronto, el grito agudo de Manuela los alarmó a todos.

—¿Qué pasa Manuela? —preguntó el padre Emiliano corriendo hacia ella.

—¡Ahí! ¡En el agua! —apuntaba Manuela histérica. Camila no se movía, tenía la mirada fija en el río. Ivo corrió a su lado.

—Cami, reacciona, ¿qué pasó? —preguntaba el chico sacudiéndola por los hombros.

—Hay una mano en el arroyo... —respondió Camila con voz temblorosa.

—¡El Señor nos ampare! —gritó el padre

Mariano, quien se había unido al grupo al oír los gritos.

—¡Cielo Santo! —exclamó el padre Emiliano al descubrir el terrible hallazgo flotando sobre el agua. Un poderoso trueno se oyó en el cielo y gruesas gotas de lluvia comenzaron a caer.

—Regresemos al campamento —ordenó el padre Emiliano.

—Debemos ir al pueblo a notificar esto —sugirió el padre Mariano.

—¿Nos quedaremos aquí? —preguntó Federico alarmado.

—Ya veremos... —respondió el padre Emiliano tomando una cubeta y pescando con ella el resto humano parcialmente descarnado y amoratado.

—Padre, yo no pienso acercarme al río nunca más, quiero ir a casa —dijo Manuela llorosa.

—Ya veremos —repitió el sacerdote y el grupo se encaminó de vuelta al campamento llevando su espantosa carga.

—Escuchen, —dijo el padre Emiliano después de haber deliberado unos minutos con el padre Mariano en privado— dos de ustedes acompañarán al padre Mariano al pueblo para dar aviso a las autoridades de lo que hemos encontrado. Sugiero que vayan Federico y Manuela, ella la encontró y Federico puede servir de testigo. No sé por qué pero en las películas siempre requieren dos testigos —trató de bromear el padre Emiliano al ver las caras pálidas y asustadas de los chicos. Obedientemente, Federico y Manuela siguieron al padre Mariano hacia el camión y partieron hacia el pueblo. Mientras, la lluvia arreciaba y el cielo se había nublado por completo.

—¡Ivo, Alex! Ayúdenme a cubrir los víveres, la lluvia está empeorando. Camila, ve al botiquín y tómate una aspirina, descansa un poco —ordenó el padre Emiliano.

—Estoy bien, padre —contestó ella.

—Camila es muy valiente, padre —dijo Ivo.

—No lo dudo, pero ese ligero temblor en su cuerpo, puede ser el susto o un resfrío, le haría bien una aspirina.

Capítulo 3

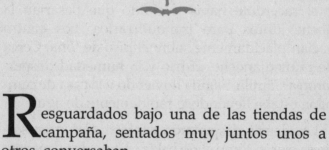

Resguardados bajo una de las tiendas de campaña, sentados muy juntos unos a otros, conversaban.

—Ya se hizo de noche y no regresan, padre —manifestó Alex preocupado.

—Hace casi cuatro horas que se fueron —agregó Ivo.

—Tal vez los retuvieron con el papeleo, o quizá Mariano decidió que era mejor dormir en el pueblo a causa de la lluvia —contestó el sacerdote.

—Manuela estaba muy asustada —murmuró Camila.

—No es para menos hija, una impresión así asusta a cualquiera.

—No para de llover —dijo Alex.

—Mejor tratemos de dormir un poco —indicó el padre Emiliano— estamos cansados y tensos, nos hará bien dormir.

No pasó mucho tiempo antes de que los chicos durmieran profundamente. Cada una de las tiendas de campaña contenía cuatro bolsas de dormir y el sacerdote había decidido que pasarían la noche juntos para tranquilizarlos. Los cuatro yacían plácidamente sobre el piso de lona. Cerca de la medianoche, el frío y la humedad despertaron a Camila. Seguía lloviendo y la casa de campaña estaba llenándose rápidamente de agua.

Los demás despertaron también. Con gran sorpresa vieron cómo el río había crecido de tal manera que había salido de su cauce y estaba inundando el campamento, arrastrando casi todo lo que no estaba bien sujeto a la tierra. Algunas de las sartenes del padre Mariano flotaban ya río abajo.

La visibilidad era escasa, y la potente linterna del padre Emiliano era su única fuente de luz.

—¡Rápido! Llevemos todo lo que podamos a

esa loma —ordenó el sacerdote.

—¡Se llevó mi mochila! ¡El agua se llevó mi mochila! —gritaba Camila.

—Todo se repondrá si es sólo material hija, vamos ayúdame con estas latas.

—¡Alex! Los *sleeping bag*, ¡atrápalos! —apuntaba Ivo hacia las bolsas de dormir que ya flotaban sobre el agua.

—Mi rifle, ¿dónde está mi rifle? —buscaba Ivo desesperadamente.

—Aquí —respondió el padre Emiliano levantando el rifle con su mano derecha, está casi seco.

—Gracias, padre, ¡qué alivio!

De la mejor manera que pudieron los tres chicos y el sacerdote se instalaron de nuevo en la parte alta del terreno. Casi todo escurría agua, incluyéndolos a ellos.

—Tenemos que buscar un lugar para cobijarnos, no sabemos cuánto tiempo más pueda durar este mal tiempo —dijo el sacerdote.

El llanto de Camila los hizo callar, lloraba suavemente con la cabeza metida entre las rodillas de sus mojados pantalones.

—Cami, me estás haciendo quedar mal, acabo

de decir lo valiente que eres apenas hoy en la tarde —dijo Ivo tratando de consolarla.

—El agua se llevó mi mochila —repetía llorando.

—Te compraremos nuevos cosméticos —le ofreció Alex bromeando.

—¡No seas idiota, Alex! —lo regañó Ivo— ¿no te das cuenta?

—Todos estamos mojados, hambrientos, y ¡arrepentidos de haber venido! No sólo ella —replicó Alex ofendido.

—Pero es una niña, ¡entiende! —insistió Ivo.

—¡Ya déjenme en paz!, estoy llorando porque mi diario iba dentro de mi mochila, he escrito en ese diario los últimos dos años de mi vida, era muy importante para mí —protestó Camila.

—¿Dos años? ¿Qué estabas escribiendo? ¿El Quijote? —siguió bromeando Alex.

—No le hagas caso Cami, se pone tonto cuando está nervioso —dijo Ivo.

—¿Dónde está el padre Emiliano? —preguntó la chica.

—No lo sé, no me di cuenta a qué hora se levantó y se fue —respondió Ivo.

A corta distancia vieron una luz aproximándose y al padre Emiliano agitando la mano entre la lluvia.

—Parece que quiere que vayamos —opinó Alex.

—Sí, nos está llamando, ¡vamos! —dijo Ivo.

—¡Chicos! ¡aquí! —gritaba el sacerdote y hacía señas con la lámpara, pero su voz se perdía entre el estruendo del río y la lluvia.

Padre, no nos dimos cuenta en qué momento nos dejó —dijo Camila.

—Caminé un poco buscando un refugio y encontré el lugar perfecto, vengan conmigo —indicó el padre Emiliano y les mostró una saliente en la roca que formaba una especie de techo y mantenía un espacio de tres metros fuera del alcance de la lluvia—. Es un lugar seguro. Seguir bajo los árboles durante una tormenta es muy peligroso y aquí podremos secarnos un poco —anunció.

Acarreando de nuevo lo que habían rescatado de la inundación, el pequeño grupo se instaló en el refugio de la saliente roca. Intentaron encender una fogata, pero sin suerte, todo estaba demasiado húmedo. Al cabo de un rato lograron acomodarse en el pequeño espacio.

—Si tan sólo tuviéramos ropa seca —murmuró Camila.

—No contaban con mi astucia —dijo Alex imitando a un conocido personaje de la televisión y sacando ropa limpia y seca de su mochila—. Esta mochila, señores, es a prueba de agua, de fuego, de niños y de niñas. Fabricada honrosamente por mi papá para su hijito —tratando de levantar el ánimo el grupo, se inclinaba hacia delante esperando que todos aplaudieran.

Con los cambios de ropa limpia que llevaba, surtió de camisas secas a todos.

Capítulo 4

Capítulo 4

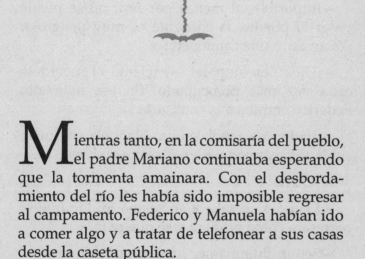

Mientras tanto, en la comisaría del pueblo, el padre Mariano continuaba esperando que la tormenta amainara. Con el desbordamiento del río les había sido imposible regresar al campamento. Federico y Manuela habían ido a comer algo y a tratar de telefonear a sus casas desde la caseta pública.

—Padre, no tiene caso que sigan esperando. El comisario anda con la cuadrilla de rescate, el río arrastró a varios animales de una granja cercana, no creo que regrese pronto —le informó el ayudante de guardia.

—Pero, debo hablar con él —respondió el padre Mariano.

—Mire padre, ya tomamos su declaración y la de los muchachos, no hay nada que se pueda hacer en este momento; la presa se rompió, el puente está dañado, y con las cantidades de agua que están bajando, si había algún cuerpo flotando en el río, pues ya ni ha de estar ahí.

—Tengo que regresar al campamento, un sacerdote se quedó allá con otros tres muchachos.

—Imposible, al menos por hoy, no se puede pasar el puente, la corriente es muy peligrosa. ¡Ya arrastró una camioneta!

—¡Dios nos ampare! —exclamó el sacerdote cada vez más preocupado. En ese momento Federico entraba a la comisaría.

—¡Padre Mariano! Venga, Manuela se quiere subir a un camión para regresar a su casa.

—¿Qué?

—Llamó a su casa y su mamá le dijo que se regresara como pudiera y se quiere ir...

—Señor, ilumíname, ¿qué hago? —murmuró el sacerdote juntando las manos.

—Padre, ¿por qué no llamamos al colegio? —sugirió Federico— Sería bueno avisar a los demás para que no salgan hacia acá.

—Tienes razón hijo, el hermano Abad me dará instrucciones, la verdad no sé que hacer, no puedo dejar a Emiliano desamparado y llevarme el camión.

—Váyase sin pendiente padre —dijo el ayudante del comisario— yo ya informé a la cuadrilla de rescate sobre su campamento, nosotros nos haremos cargo. Debería usted regresarse, yo sé lo que le digo padre —insistía el asistente del comisario—. Es mejor que regrese a la ciudad, esta agüita va para largo.

—No puedo hacer eso, hijo —respondió el padre Mariano

—Como usted quiera, yo estaré aquí toda la noche, si le puedo servir en algo.

—Gracias —respondió el sacerdote, y en compañía de Federico salieron a buscar a Manuela.

—¡Allá está, padre! En aquella banca afuera de la farmacia.

Manuela lloraba en un estado de histeria y repetía que se quería ir a casa. El preocupado anciano la consoló diciéndole que llamaría a sus superiores para pedir instrucciones y tal vez le permitieran llevarlos de regreso esa misma noche. Un poco más tarde, el viejo microbús rodaba lentamente sobre la carretera mojada. En completo silencio manejaba el padre Mariano, y pensaba angustiado en los que habían dejado atrás.

Manuela, con los ojos hinchados de tanto llorar, miraba a través de la ventana. Deseaba ya estar en casa y quería borrar de su memoria la horrible visión de la mano flotando en el agua, tan cerca de ella que le había rozado una pierna. Federico, por su parte, se lamentaba de no estar con sus amigos viviendo la aventura.

—Llegaremos muy tarde —anunció el sacerdote.

—No importa, seguramente los papás de Manuela avisaron a mis papás como se los pedí —respondió Federico.

—Yo tendré que regresar mañana, no podemos dejar a Emiliano y a los chicos así nada más.

—¿Puedo volver con usted, padre? —pidió Federico.

—No lo creo Federico, la excursión se canceló, lo más probable es que regrese yo con otro compañero a recogerlos.

—¡Qué mala suerte! ¿Por qué me tocó a mí?

—No te lamentes muchacho, quién sabe cómo les esté yendo a los demás, quien sabe que noche estarán pasando...

—Como sea. Yo quisiera estar con ellos —insistía el chico.

—¿Está Manuela más tranquila?

—Está dormida, ojalá siga así hasta que lleguemos, no deberíamos traer niñas a las excursiones, padre, son muy chillonas.

—Fue una impresión muy fuerte.

—exclamó Federico con desprecio y se calló.

La tenue luz del amanecer se abrió paso entre la lluvia que había bajado de intensidad.

—Está amaneciendo —manifestó el padre Emiliano.

—Me gustaba mucho el amanecer en el campo, pero estoy cambiando de opinión —comentó Ivo.

—Creo que esta cantidad de agua es algo más que lluvia... tal vez una represa se rompió, no me lo explico —murmuraba el sacerdote pensativo.

—Mis pantalones está húmedos todavía —dijo Camila.

—No importa que usen mi ropa por hoy —respondió Alex con su buen humor habitual.

—Algo debe haber pasado para que el padre Mariano no regresara —comentó Ivo.

—En cuanto haya un poco más de luz, veremos lo que quedó del campamento, tal vez podamos rescatar algo más y luego caminaré hasta el pueblo —anunció el padre Emiliano.

—¿Y nosotros? —preguntó Camila.

—Es mejor que esperen aquí —respondió el sacerdote..

—Estoy seguro de que todos podemos aguantar la caminata. —Protestó Ivo.

—Seguramente sí, pero no quiero exponerlos caminando sobre lodo, bajo la lluvia, estarán más seguros aquí; además, cargar con todo esto resultaría imposible, yo vendré por ustedes.

—Parece que ya está dejando de llover —opinó Camila resistiéndose a la idea de quedarse a esperar.

—Pero aún está nublado, coman algo mientras regreso. Si para de llover y sale el Sol, pongan todo a secar. Me pondré en camino ahora. Muchachos, los hago responsables del equipo y de Camila —ordenó el sacerdote.

—¡Yo puedo cuidarme sola! —exclamó la chica ofendida.

—Ya lo creo hija, pero aún así tus compañeros deben cuidarte también. —Mordisqueando un pedazo de salami que se había salvado dentro de la hielera, el padre Emiliano se separó del grupo.

—¡Adiós, padre Emiliano! Tenga cuidado —gritó Camila agitando la mano.

Capítulo 5

El tiempo transcurría lentamente para los tres amigos, la lluvia caía tibia y pertinaz. La furia de la corriente del río parecía haberse calmado un poco.

— ¿Será cierto que el padre Emiliano estuvo en la guerra? —preguntó Alex a sus compañeros.

— ¿Cuál guerra? —respondió Camila

—Dicen que en la Guerra Civil Española —informó Ivo.

—No me parece tan viejo —dijo Camila— esa guerra fue de 1936 a 1939.

—Yo he oído muchas historias en el colegio, dicen que durante la guerra el tuvo que esconderse en un convento Franciscano y que así fue como se volvió sacerdote.

—Pues a menos que haya sido recién nacido porque hace sesenta años de eso —respondió Camila incrédula.

—¡Qué aguafiestas eres, Camila! —le reprochó Alex.

—Una de estas noches hay que pedirle que nos cuente —sugirió Ivo.

—¿Cuáles noches? Yo creo que esta excursión ya se terminó —contestó Camila.

—Quién sabe, quizá los demás vengan en camino —insistía Ivo.

—Lo que viene en camino es otra tormenta —dijo Alex apuntando hacia el cielo lleno de negros nubarrones.

—Creo que debimos irnos con el padre Emiliano —murmuró Camila— Esta espera bajo la lluvia es peor que caminar.

—Tienes razón, pero el pueblo está demasiado lejos. Compréndelo, el padre Emiliano es responsable por nuestra seguridad —explicó Ivo tratando de tranquilizarla.

—Tengo hambre, —dijo la chica— vamos abriendo unas latas ¿no?

—Buena idea, yo soy un chef para abrir latas —respondió Alex abriendo una caja de víveres medio mojada.

Las horas pasaban y los chicos seguían conversando en su refugio, esperando al padre Emiliano.

—¿De quién habrá sido esa mano?

—Yo casi ni la vi —dijo Alex.

—¡Me dio tanto miedo!, —exclamó Camila— nunca había visto algo así.

—¿Era de hombre o de mujer? —preguntó Alex

—Ni idea —respondió la chica.

—Debes saberlo Cami, si era pequeña era de mujer, si era grande era de hombre —dijo Ivo.

—No necesariamente —discutió Alex—, si era pequeña puede ser de un niño o una niña.

—No quiero hablar de eso, por favor —pidió Camila—. Me dan escalofríos.

—Ya tengo hambre otra vez —dijo Alex.

—Es que ya son casi las tres —informó Camila mirando su reloj.

—¡Qué desesperación! No para de llover y el padre Emiliano que no vuelve. Propongo que nos pongamos en camino, ya hemos esperado demasiado —sugirió Alex.

—El padre Emiliano nos ordenó que esperáramos —dijo Camila.

—Lo sé, pero ya es tarde y yo no quiero pasar otra noche bajo "la cómoda piedra del hotel Ritz" —respondió Alex molesto.

—¿Tú qué piensas Ivo?

—Tal vez Alex tiene razón, el padre Emiliano se fue a las seis de la mañana. ¿Y si le ocurrió algo? —opinó el chico.

—Yo digo que caminemos al pueblo, según mis cálculos, llegaríamos allá en tres horas, antes de que caiga la noche —insistía Alex—, ya descansamos, ya comimos, ya nos secamos y ya casi no llueve ¿Qué nos podría pasar?

—Cualquier cosa nos puede pasar —contestó la chica.

—Además, tenemos el rifle de Ivo —agregó Alex.

—¡Valiente rifle de juguete! —se burló Camila.

—¿Ah sí? pues mira esto —dijo Ivo tomando su rifle y apuntando a una lata de refresco a unos metros de él. El disparo retumbó por todo el bosque, la lata voló varios metros atrás y los chicos saltaron, sorprendidos.

—Es el rifle de mi papá —anunció Ivo orgulloso—, y no es ningún juguetito.

—¡Qué bárbaro, Ivo! ¿Cómo te atreviste? —exclamó Camila.

—Bien hecho amigo, —dijo Alex palmeando la espalda de Ivo— estoy orgulloso de ti.

—Gracias Alex, gracias —se inclinó Ivo bromeando.

—*Ay* niños... niños —murmuró Camila—. No crecen nunca, bien dice mi mamá.

—¡Hey! Mucho cuidadito que tu padre fue un niño también —dijo Alex imitando la gruesa voz del padre Emiliano, lo que hizo que todos rompieran a carcajadas.

—Hay que tener respeto Camila —dijo Ivo siguiendo la broma.

—Ya dejen de hacer el tonto y vámonos de aquí, no quiero tener que caminar de noche —contestó ella.

Capítulo 6

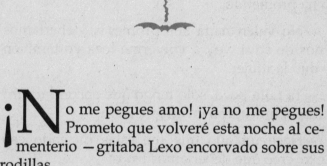

¡No me pegues amo! ¡ya no me pegues! Prometo que volveré esta noche al cementerio —gritaba Lexo encorvado sobre sus rodillas.

—¿No lo comprendes?, ¡necesito un cuerpo nuevo! Estamos muy cerca Lexo, muy cerca de lograr nuestro objetivo, no podemos detenernos ahora.

—Sí amo, sí. Esta noche traeré algo...

—Lo quiero pronto, Lexo —gritaba Athon Labar y en sus ojos desorbitados por la furia podía verse un rastro de locura.

Lexo se arrastró fuera del laboratorio, su esposa que lo esperaba detrás de la puerta, lo increpó:

—Te volvió a pegar, ¡ese maldito! —exclamó con voz ahogada.

—No, Irina, no, el amo es bueno, el me curó y nos salvó de la cárcel...

—Ya hemos pagado bastante, te trata como a un animal.

—Sólo cuando está enojado, Irina. Su trabajo es muy importante, vamos a ser muy ricos, él me lo ha prometido.

—No valen nada sus promesas, deberíamos irnos de aquí, voy a volverme loca yo también —dijo la mujer.

—Ya falta poco, sólo tengo que encontrar otro cuerpo, un cuerpo joven que sirva.

—Hace un año que me estás diciendo eso Lexo, creo que deberíamos irnos.

—Si nos vamos, él nos buscará y nos llevarán a prisión, nos separarán Irina, no quiero, no podría soportarlo...

—Tranquilízate, Lexo —dijo la mujer cambiando de tono y acariciando la cabeza de su esposo—, espero que ya falte poco.

No muy lejos de ahí, Camila, Ivo y Alex, avanzaban con dificultad entre el terreno lodoso.

—¿Falta mucho? —preguntó la chica, frotándose las piernas— Estoy muy cansada.

—No creo, ya debemos estar cerca del pueblo — respondió Alex.

—Tengo mis dudas, ni siquiera hemos encontrado la carretera, creo que estamos perdidos — dijo Ivo preocupado.

—Si seguimos la orilla del río tenemos que llegar al pueblo. —Contestó Alex.

—¿Cómo puedes estar tan seguro? —dijo Camila.

—Lo leí en mi manual de supervivencia, hay que...

—¡Estás loco, Alex! ¿Nos has traído por este camino sin saber realmente a dónde vamos? —le gritó Camila—. Ya va a oscurecer, ¿cómo pudiste?

—Hago lo mejor que puedo, Camila, yo tampoco había venido por aquí antes, ¿sabes? — respondió Alex sintiéndose lastimado.

—Se está poniendo el Sol, ¿qué hacemos ahora? —preguntó Ivo.

—Ya no podemos regresar. Mejor busquemos un lugar dónde pasar la noche —respondió Alex. Los chicos miraron a su alrededor. No había mucho de donde escoger, habían caminado a lo largo del río alejándose cada vez más de la zona montañosa.

—Todavía podemos caminar un poco más —opinó Ivo—. Hay que aprovechar que no llueve, quizá encontremos algo.

—¿Algo como qué Ivo?

—Una choza, un gran árbol, algo... —justo cuando decía esto, un aullido lejano hizo que los chicos se pararan en seco.

—¿Qué fue eso? —preguntó Camila.

—Espero que un perro, porque si no fue un perro, entonces, tuvo que haber sido...

—¡Un lobo! ¿Creen que haya lobos por aquí? —preguntó Camila cada vez más asustada.

—No se preocupen —dijo Alex—. Yo leí en el manual que los lobos no atacan de noche.

—Espero que ellos hayan leído el mismo manual que tú —respondió Ivo haciendo una broma sin querer.

—No es momento para chistes, Ivo —le reprochó Camila—. Si el padre Emiliano regresó por nosotros, no nos encontrará, todo esto fue una mala idea.

—Hemos caminado durante tres horas, la verdad no sé si pueda encontrar el camino de regreso al campamento —dijo Alex.

—¡Genial! ¿Qué sugiere tu manual en estos casos Alex?

—Que nos sigamos moviendo, estoy seguro de que pronto veremos las primeras casas del pueblo. —respondió Alex sin perder su optimismo.

Como si fuera magia, una columna de humo como un negro espiral se dejó ver a lo lejos.

—¿No se los dije? ¡ Ya llegamos! —gritó entusiasmado Alex.

—¿Cómo lo sabes? —preguntó Camila

—Ese humo sale de una casa —respondió el chico.

—Incendio no es, eso seguro —dijo Ivo—. Todo está mojado todavía.

Llenos de esperanza y reanimados, los chicos apuraron el paso. Conforme se acercaban a su objetivo fue apareciendo el alto muro de lo que parecía ser una hacienda. Un par de vacas pastaban afuera. Era la única casa a la vista.

—No me parece que sean las afueras del pueblo. —comentó Camila

—Tal vez no, pero por lo pronto, es un lugar para dormir seguros y calientitos —respondió Alex.

—Al menos podemos preguntar que tan lejos está el pueblo, con suerte y puedan llevarnos —sugirió Ivo.

—No debe estar lejos, quizá podamos caminar hasta allá de una vez, ya no está lloviendo —Y como si hubiera llamado a la lluvia, una gota cayó sobre la nariz de Alex y un fuerte trueno se oyó cerca. En segundos, un aguacero caía de nuevo sobre ellos.

Capítulo 7

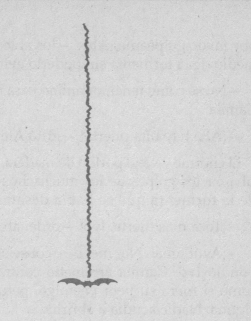

¡Corramos hacia la casa! —gritó Camila.

Parecía que el cielo se estaba vaciando, gruesas gotas caían sobre nuestros amigos. Mojados y agitados llegaron al muro que rodeaba la propiedad. Había sólo dos ventanas que tenían protecciones de hierro y estaban muy altas.

—La entrada debe estar a la vuelta —gritó Alex haciendo señas a sus amigos para que lo siguieran.

—¡Recuérdenme no volver a salir de excursión nunca más! —exclamó Ivo— y si insisto, por favor golpéame, Alex —los chicos reían en medio de la tormenta sin poderlo evitar.

—No sé cómo tenemos ánimo para reír —decía Camila.

—¡Allá hay una puerta! —gritó Alex.

El enorme y viejo portón de madera, apenas dejaba oír los golpes de los muchachos en medio de la tormenta que se había desatado.

—¡Toca más fuerte, Ivo! —ordenaba Camila.

—¡Ayúdame! No me des consejos —le respondió Ivo. Camila arremetió contra el portón como si fuera su peor enemigo, pero sin suerte alguna. Nadie acudía a abrirles.

—Tal vez no hay nadie —dijo la chica.

—El humo sigue saliendo de esa chimenea, si no hay nadie, debemos encontrar la manera de entrar —indicó Alex.

—¿Con este muro? ¡te quiero ver! —exclamó Ivo dirigiendo su mirada hacia arriba al muro de más de tres metros de altura.

—Busquemos otra entrada —dijo Camila.

Los chicos recorrieron la propiedad sin encontrar ninguna otra entrada, sólo las ventanas con protecciones de hierro interrumpían el liso muro.

—¡Miren! ¡Hay luz en esa ventana! —gritó Alex apuntando a una pequeña ventana baja.

—Vamos a tocar en el vidrio a ver si nos oyen —sugirió Ivo.

—No nos va a alcanzar el brazo, creo —contestó Alex introduciendo su brazo por entre los barrotes.

—Pues lanzaremos piedras, si rompemos un vidrio ya lo creo que saldrán —dijo Ivo.

—Espera, no te aceleres —le pidió Camila— esa no es manera de iniciar una relación con alguien a quien le vas a pedir un favor.

La lluvia parecía calmarse por momentos, de pronto, como si fuera un trueno más, un disparo se escuchó seguido de una potente voz:

—¿Qué hacen ahí? ¡Aléjense de esa ventana!

Tomados por sorpresa, los chicos se asustaron y retrocedieron inmediatamente. Lexo e Irina los miraban con curiosidad.

—Son sólo unos niños —dijo Irina.

—¡Estaban espiando! —gritó Lexo enojado.

—No estábamos espiando —dijo Camila con su más dulce tono de voz—. Nos perdimos, queremos llegar al pueblo, tenemos hambre y frío. Buscábamos un lugar donde pasar la noche. Estuvimos tocando, pero nadie nos abrió.

—¡Pobrecita! Lexo, míralos cómo están de mojados —le decía Irina a su esposo, conmovida y contenta de tener alguien con quién hablar—. Déjalos entrar para que se sequen.

—No sé, al doctor no le va a gustar.

—No tiene que saberlo, los tendré en la cocina, les daré algo caliente. —Mientras la pareja discutía el destino de los muchachos, Ivo se acercó a Camila y le susurró al oído.

— Si la cocina de esta bruja está toda hecha de dulce y nos quiere engordar, ¡salimos corriendo!

—Ivo, por favor —murmuró Camila aguantándose la risa.

—Está bien, ¡vengan conmigo! —dijo finalmente Lexo.

—¡Lo dicho! No hay como batir las pestañas —dijo Alex en voz baja al pasar junto a Camila— ¡Nunca falla!

El grupo entró a la hacienda. Había un patio con tierra alrededor del cual se veían unos corredores de piso de ladrillo rojo y algunas pinturas murales sobre las paredes de los pasillos.

—Es un lugar interesante —dijo Alex.

—Es hermoso —opinó Camila.

—Era un convento —les contestó Irina.

—¡Qué increíble vivir en un lugar así! —exclamó Ivo.

—A veces es un poco aburrido —respondió la mujer.

—¡Lexo!, ¿dónde están las túnicas blancas que encontramos?

—En el granero —respondió Lexo

—Pues ve a traer tres, estos muchachos necesitan quitarse esa ropa mojada.

—El amo se va a enojar, Irina, lo sé.

—¡Que vayas te digo!

—Está bien —respondió Lexo refunfuñando.

Irina los llevó a la cocina y los sentó frente al enorme fogón. Les sirvió tres tazones de una sopa espesa.

—Demos gracias a Dios por estar a salvo — dijo Camila a sus amigos.

—Yo voy a dar gracias porque me tocó el tazón más chico. Parece que alguien lo usó antes que yo —murmuró Alex.

—No te mides, debemos estar agradecidos con esta gente —le reprochó Camila.

—Y de estar a salvo de los lobos —comentó Ivo.

—A mí nadie me ha salvado de esta sopa todavía —insistió Alex bromeando.

—Yo me como la tuya si no la quieres, Alex —ofreció Ivo.

—¿Terminaron su sopa? —preguntó Irina amablemente —Tengo un delicioso guiso de armadillo.

—¡No, muchas gracias! —contestaron los tres al mismo tiempo.

—Con la sopa es suficiente, —agregó Camila— está muy buena y nos sirvió mucha —Lexo había vuelto con las túnicas y las había dejado sobre la mesa sin decir ni una palabra.

—Aquí tienen estas batas —dijo Irina—. Creo que eran de las monjitas. Las encontramos aquí hace mucho, huelen un poco a humedad, pero les servirán para cubrirse mientras se seca su ropa. Vengan conmigo —Irina llevó a los muchachos a través de los estrechos pasillos y los pequeños escalones del ex-convento. Era grande, intrincado y frío—. Estas dos pequeñas celdas tienen chimenea, estarán calientitos y podrán secar su ropa —dijo Irina mientras encendía el fuego con un fósforo.

—Señora —dijo Camila suavemente—, yo necesito un baño.

—¡Qué tonta soy! —Exclamó Irina pegándose con la mano sobre la frente— Ven conmigo, te diré dónde hay uno que pueden usar.

Capítulo 8

Camila y la mujer salieron del cuarto, los muchachos aprovecharon para quitarse la ropa y ponerse las túnicas.

—¡Oye! Esto me queda como mini vestido —dijo Ivo.

—Te tocó una monja chaparra —le respondió Alex—. Deja esa para Camila y ponte ésta que está un poco más larga.

—Buena idea, mejor ver sus piernas que las mías —respondió Ivo.

—¡Oye! Cuidado con tus comentarios —dijo Alex muy serio.

—¡*Huy*! Qué delicado, ¡no me digas que estás celoso!

—Tarado, todos saben que a Camila le gustas tú —respondió Alex.

—Como dice el padre Emiliano: "no todo es lo que aparenta".

—¿Qué quieres decir?

—Eso, que no todo es lo que aparenta, te lo dejo de tarea.

En otra parte de la casa, Irina y Camila caminaban por los oscuros pasillos hablando sobre la fallida excursión.

De repente, una puerta se abrió y un haz de luz iluminó el corredor.

—¡Doctor! Me asustó —exclamó Irina.

—¿Quién es esta joven? —preguntó Athon Labar, sorprendido a su vez de encontrar un extraño dentro de la propiedad.

—Estaba perdida doctor, le estamos dando posada hasta mañana que pueda llegar al pueblo —contestó la mujer.

El doctor Labar, sin responder, miró a Camila fijamente y desapareció tras la puerta. Camila sintió escalofríos ante aquella penetrante mirada.

—¿Quién es? —preguntó

—Es el patrón, no te preocupes, está un poco loco. Es un científico famoso, pero ha estado encerrado aquí mucho tiempo, sin familia, sin nada, trabaje y trabaje. Eso afecta a cualquiera, ¿no? —dijo Irina quién hablaba sin parar aprovechando la oportunidad de que alguien la escuchaba.

—¿En qué trabaja? —preguntó la chica.

—Eso sí no lo sé. Mi marido y él son los que entienden de eso, yo nada más cocino y limpio, me aburro tanto a veces. Lexo me lleva al pueblo, pero no por mucho tiempo porque, porque... —titubeó Irina al darse cuenta de que estaba a punto de cometer una indiscreción— ¡Ay! Estoy hablando demasiado, aquí está el baño, ¿podrás regresar sola?

—Creo que sí— respondió Camila.

—Si te pierdes, sigue la luz y llegarás a la cocina, Ahí estaré. Hoy ya no podrán llegar al pueblo, está lejos todavía y ya es de noche, pero mañana temprano yo los pondré en camino. Descansen y duerman un poco.

—No sé cómo agradecerle —dijo Camila con sinceridad—. Gracias de verdad —Irina le sonrió y siguió pasillo abajo. Camila se encontró con un cuarto de baño muy pequeño, pero con luz eléctrica y agua caliente. Dentro del laboratorio, Lexo daba explicaciones al doctor Labar...

—Amo, el río se desbordó, el puente está dañado, no pude pasar.

—¡Necesito un donador!, tienes que conseguirme otro cuerpo, y tiene que ser pronto, ¿lo entiendes? ¡Pronto!

—Pe, pero Amo, no se puede pasar, hay que esperar hasta mañana.

—¡No quiero excusas, Lexo! Consígueme un donador o te usaré a ti— gritó Athon tomando un bisturí de la mesa de instrumentos y acercándolo a la cara de su asistente. Con la mano libre, lo sujetó del cuello y con fuerza extraordinaria comenzó a apretar y apretar...

—¡No, amo!, ¡no! ¡Voy a buscar! Dicen que hay muchos ahogados, tal vez...

—Espera un poco— dijo Athon Labar pensativo y soltándolo del cuello—. Acabo de ver a Irina con una joven.

—Yo le dije que no amo, pero ella quiso ayudar.—

—Es perfecta, Lexo. ¡Perfecta!

—¡Pero está viva, amo!

—Eso se puede arreglar —agregó Athon Labar sonriendo siniestramente— ¿No es cierto Lexo? No sería la primera vez para ti, ¿verdad? ¡Contesta!

—¡Basta amo!, fue un accidente, no quise hacerlo.

—Pero lo hiciste, ¡lo hiciste! Y ahora lo harás de nuevo.

—No amo, no lo haré, no me pida eso, amo.

—Está bien, si lo prefieres, llamaré a la policía, tu mujer irá a la cárcel también, ya lo sabes ¿no? Es tu cómplice.

—Amo, yo he pagado mi error, no quiero matar otra vez...

—Te prometo que será la última vez, Lexo, después tendrás mucho dinero y tu libertad para disfrutarla con Irina.

—¿Mucho dinero, amo?

—Más el que puedas gastar el resto de tu vida.

—Déme un poco de tiempo amo, debo pensar que voy a hacer con los otros dos.

—¿Los otros dos?

—Sí, la joven no está sola, viene con dos muchachos, están juntos todo el tiempo.

—*Hummm* ... Irina no me lo dijo. Eso complica las cosas, o tal vez no —murmuró el doctor Labar. Después de unos segundos, abrió un cajón del cual sacó un pequeño frasco gotero—. Dile a Irina que les ofrezca algo caliente para beber, chocolate o té, lo que les guste a los chicos y encárgate de poner cuatro gotas de esto en cada una de las tazas.

—Sí, amo. ¿Para qué es esto?

—Para dormirlos, Lexo —dijo Athon Labar con un brillo demencial en sus ojos— cuatro gotas solamente, más de cuatro podría ser mortal, cuando se hayan dormido, iremos por la chica.

—Lo haré amo, lo haré —respondió Lexo y tomando el frasco salió del laboratorio.

Capítulo 9

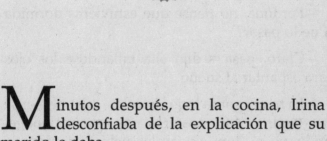

Minutos después, en la cocina, Irina desconfiaba de la explicación que su marido le daba.

—Dime la verdad, Lexo, ¿para qué son esas gotas?

—Te digo que son para dormirlos, el doctor no quiere que anden espiando por la casa, por favor Irina, no quiero problemas con él.

—Está bien, les ofreceré chocolate caliente, ¿sigue lloviendo?

—Sí, mucho.

—Pobres muchachos —dijo Irina.— Dudo que puedan pasar al pueblo mañana.

—Pueden quedarse un día más, pero ahora prepara el chocolate, debo poner cuatro gotas en cada taza.

Fuertes toquidos despertaron a Camila, quien ya se había quedado·dormida sobre el camastro. Abrió los ojos y vio el rostro de Alex asomado por la mirilla de la puerta de la celda donde Camila dormía.

—¿Qué pasa Alex? —preguntó todavía medio dormida.

—Perdona, no pensé que estuvieras dormida ¿Puedo pasar?

—Claro, pasa —dijo ella tallándose los ojos para espantar al sueño.

—La mujer gorda trajo chocolate caliente, pensé que tendrías frío, nosotros nos estamos congelando, no sé como vivían las pobres monjas con este clima —explicó Alex—. Toma, te traje una taza.

—Gracias, tengo mucho frío, pero el sueño me venció.

—Nosotros no hemos podido dormir, y la verdad, después de probar esa sopa, no se si quiero beberme este chocolate. Ivo dice que está muy bueno.

—Sí, está bueno —dijo Camila bebiendo un gran trago—. Deberías tomártelo, te quitará el frío.

—Voy a agarrar valor, buenas noches Cami.

—Buenas noches, Alex —respondió Camila bebiéndose el resto del chocolate y retomando el sueño.

Atentos al efecto del somnífero, Lexo y el doctor Labar se aseguraron de que Camila durmiera profundamente y entraron a su celda.

—¿Revisaste a los otros dos, Lexo?

—Sí, amo, el efecto es rapidísimo. Están dormidos— dijo en voz baja.

—Así es, no despertarán en un par de horas, tiempo suficiente para preparar todo. Hasta ahora he fracasado en mi intento de crear clones humanos, pero esta vez será un triunfo, lo sé.

—Espero que sí doctor.

—¿Qué hiciste con los cuerpos que no nos sirvieron?

—Los tiré al río amo, y las manos también.

—Ya no tendremos que preocuparnos por los desperdicios Lexo, ya no habrá más desperdicios.

Lexo y el doctor Labar cargaron el cuerpo profundamente dormido de Camila, sin darse cuenta de que eran observados por la mirada aterrorizada de Alex, quién no se había bebido el chocolate y había fingido dormir cuando escuchó las voces del doctor y su ayudante. Al descubrir lo que estaba ocurriendo, los siguió sigilosamente hasta la puerta del laboratorio.

El doctor Labar cerró la puerta tras él, y Alex, sin saber qué hacer, regresó corriendo a la celda a buscar la ayuda de su amigo.

—¡Ivo!, ¡Ivo, despierta! —sacudía Alex al chico, sin lograr despertarlo. Desesperado, se sentó junto al camastro y descubrió la taza de chocolate semi vacía. Todo le parecía claro ahora, ¡los habían drogado! Y había sido él quién había llevado la bebida a Camila. Ivo respiraba suave y pausadamente. Alex se puso de pie, ¡tenía que hacer algo! En un último intento trató de despertarlo, sin lograrlo. Se quitó la túnica, se puso su ropa húmeda todavía y después salió de la habitación. Desorientado, caminó por los pasillos buscando una salida, quizá pudiera caminar hasta el pueblo y pedir ayuda. Cuidándose de no ser visto, llegó hasta el portón, pero lo encontró cerrado fuertemente por una doble cadena y un enorme candado. Un miedo frío y paralizante lo recorrió al comprender que estaban prisioneros.

En el laboratorio, el doctor Labar había colocado el cuerpo dormido de Camila sobre una mesa de operaciones y tomaba una muestra de su sangre para hacer las primeras pruebas. Al sentir el pinchazo de la aguja en su brazo, Camila se movió un poco ante el asombro de Lexo.

—Tranquilo, no pasa nada —lo calmó el doctor Labar—. Es el mismo procedimiento que con los otros. No sentirá nada, con suerte y no sabrá cómo pasó de esta vida a la otra *ja, ja, ja,* ¡te ahorraré trabajo Lexo!

—Esto no me gusta, amo. Tengo un presentimiento.

—Yo también, Lexo. Tengo el presentimiento de que tendremos éxito esta vez —exclamó Athon Labar con una mirada de locura mientras preparaba las probetas. El sonido del portón llegó hasta sus oídos y lo alertó de repente.

—Oigo ruidos ahí afuera, Lexo —dijo el doctor Labar.

—Debe ser Irina, amo, metiendo a las vacas. Siempre se le olvida.

De cualquier forma, ve a revisar. Asegúrate de que los otros dos estén dormidos.

Capítulo 10

Lexo salió del laboratorio, si hubiera caminado un poco más rápido, se habría dado cuenta de que Alex estaba escuchando del otro lado de la puerta☐ Al verlo salir, Alex decidió que era una buena oportunidad de someter al doctor y rescatar a Camila☐ Armándose de valor, entró en el laboratorio☐

Nunca imaginó lo que encontraría ahí dentro☐ Lo primero que vio horrorizado fue una pared con probetas gigantescas llenas de líquido viscoso que contenían seres humanos dentro, algunos muy pequeños y deformes☐

El laboratorio se encontraba perfectamente iluminado, y sobre una mesa estaba Camila, parecía dormida con su túnica blanca y sujeta de pies y manos. Buscó con la mirada algo que pudiera servirle de arma para atacar al doctor, que se encontraba de espaldas inclinado sobre una mesa donde hervía un líquido verde. Alex tomó lo primero que encontró sobre una pequeña mesa con instrumentos de cirugía. Era un cuchillo pequeño y filoso, con él liberaría a Camila.

—Regresaste pronto, Lexo —dijo Labar sin voltear— ¿Qué eran esos ruidos? —preguntó todavía de espaldas. Al no obtener respuesta, el científico dio la vuelta y se encontró con la mirada asustada de Alex

—¡*Ah*! con que eras tú, bueno, yo nunca desprecio a un donador voluntario —dijo Athon Labar tranquilamente.

—¡Suéltala canalla! —gritó Alex.

—¡*Oh* no!, eso no puedo hacerlo. He esperado años por un donador tan perfecto, ¿ves estos de aquí? —dijo el doctor señalando con la mano a las probetas gigantescas— Ellos fueron donadores inadecuados, pero, ¿no es acaso así la ciencia? Prueba y resultado, prueba y resultado...

—¡Usted está loco! ¡Déjela ir!

—Mi joven amigo, ella no puede ir a ningún lado, está inconsciente.

Alex no se dio cuenta que el doctor Labar quería ganar tiempo para que Lexo regresara.

—¿Quieres saber lo que hago aquí? No es algo malo, por el contrario, algún día seré aclamado como el precursor, el creador, el...

—¡Basta! —lo interrumpió Alex.— Desátela ahora mismo o le pesará.

—No tienes el valor para atacarme, vamos amiguito, suelta ese bisturí, y no te haré daño —le decía Labar tratando de engatusarlo. Alex se abalanzó hacia la mesa para tratar de cortar las ataduras de Camila con el cuchillo, pero el doctor Labar fue más rápido y lo empujó con fuerza hacia atrás. Lexo entraba en ese momento y, tomando a Alex por el cuello, comenzó a asfixiarlo.

—¡No lo mates! Nos puede servir. Átalo bien y busca al otro, quizá ande por ahí también.

—No, amo, está bien dormido. Había una taza llena de chocolate, ahora ya sabemos quién no se la tomó —dijo arrastrando a Alex a un rincón de la habitación y amarró una cuerda alrededor de sus pies y de sus manos.

—Vigila que no moleste, dale más gotas si es necesario —ordenó Labar.

—Está bien, amo.

Mientras esto ocurría en el laboratorio, Ivo despertaba con un fuerte dolor de estómago. Se sentía mareado y le costaba trabajo abrir los ojos. Arrepentido de haberse comido dos porciones de sopa, hacía un esfuerzo por contener las náuseas. Como pudo, se sentó sobre el camastro. Para su sorpresa vio que estaba solo en la pequeña y fría celda. Arrastrando los pies se asomó a la celda que ocupaba Camila y descubrió que se encontraba vacía también. El malestar en su estómago aumentaba, y sin pensarlo mucho se encaminó por el pasillo en busca del baño. Recordando las señas que Camila les había dado para llegar, Ivo lo encontró al final del corredor. Después de vomitar sin mucho esfuerzo y lavarse con agua fría, se sintió mejor. Salió del baño y contempló el corredor desierto. Había dejado de llover y la luna llena entre las nubes le daba al patio un aire fantasmal. El aire húmedo acabó de reanimarlo, y se dispuso a buscar a sus compañeros. No había mucha luz para orientarse, pero creyó que podría dar con la cocina si caminaba hacia su derecha. Pasó por los establos y el granero.

Una vieja camioneta *pick up* estaba estacionada al lado de otro automóvil cubierto por una vieja lona. Llevado por la curiosidad, Ivo decidió echar un vistazo y levantó la cubierta de lo que era un auto deportivo color azul que de repente le pareció familiar. Levantó la lona un poco más y entonces la realidad lo golpeó. ¡Era el auto de su papá!

Desesperadamente retiró toda la lona y trató de abrir las puertas. Estaba cerrado. Adentro se podían ver un portafolios y unos guantes de manejar. ¿Qué significaba aquello? "Estoy dormido" — pensó —, "estoy soñando todo esto."

La impresión había sido tan fuerte que Ivo no sintió que alguien se acercaba a él por la espalda. El desconocido lo sujetó fuertemente tapándole la boca con una mano y jalándolo hacia el interior del granero.

Capítulo 11

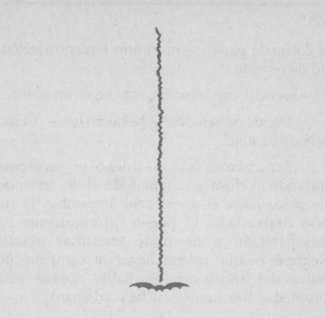

Ivo pataleaba y trataba de gritar.

¡Silencio! —le ordenó una voz susurrante— ¡No grites! Te soltaré, pero no grites —dijo la voz con firmeza.

—¡Padre Emiliano! —exclamó Ivo descubriendo a su atacante— ¿Estoy soñando? Todo esto se siente tan real...

—No es un sueño muchacho, desafortunadamente está ocurriendo.

—No, padre, eso piensa uno siempre en los sueños. Voy a despertar y usted se habrá ido y el coche de papá... —murmuró Ivo entristeciendo de repente.

—Escucha con atención, esto no es un sueño.

—¿Dónde están todos? —balbuceó Ivo— ¿Cómo está usted aquí?

—¡Escúchame, Ivo! —ordenó el sacerdote mirando al chico— caminé todo el día tratando de pasar hacia el pueblo, fue imposible. El río está desbordado, el puente prácticamente ha desaparecido y no pude encontrar ayuda. Regresé porque quería llegar al campamento antes del anochecer, no había notado esta propiedad hasta que escuché un disparo...

—Sí, —dijo Ivo— el hombre disparó cuando nos encontró.

—Caminé hacia acá con cierta cautela, pensando que hombres armados pueden ser amigos o enemigos, luego pensé que tú tenías un rifle, en fin. Llegué a la propiedad, pensé inspeccionar la casa antes de hacerme presente, descubrí una ventana y escuché a un hombre y una mujer hablando de tres chicos y de cómo iban a dormirlos poniendo algo en sus bebidas.

—¡El chocolate! —exclamó Ivo.— Eso me hizo daño y estoy teniendo pesadillas.

—Esto te convencerá —dijo el padre Emiliano golpeando al chico con la mano abierta sobre una mejilla.— Sabía que se trataba de ustedes y que estaban en peligro.

—¡Me dolió! —se quejó Ivo.

—En efecto, si estuvieras dormido, ya habrías despertado, ¿no crees?

—¿Dónde están Camila y Alex? —preguntó Ivo frotándose la mejilla.

—El hombre y la mujer que estaban en la cocina hablaban de mantenerlos dormidos mucho tiempo, ¿cómo es que tu estás despierto?

—No me tomé todo el chocolate y comí mucho de una sopa que la mujer nos dio. Tiré un poco del chocolate en la chimenea, no quería herir sus sentimientos padre, ella ha sido muy amable —explicó Ivo.

—Quizá eso te salvó la vida muchacho, ¡que suerte que no te descubrieron! Creo que esa mujer hace mucho más que cocinar mal, hay algo siniestro en todo esto —por primera vez el padre Emiliano se dio cuenta de que Ivo vestía una túnica y reprimiendo una sonrisa le preguntó:

—¿Y tu ropa? ¿Piensas hacerme la competencia?

—La mujer nos dio esto para que lo usáramos mientras se secaba nuestra ropa, han sido muy amables, padre, me cuesta creer que son malas personas.

—Me doy cuenta de que esto es parte del antiguo convento de las Carmelitas descalzas, pensé que estaba en ruinas.

—¿Cómo pudo entrar, padre? —preguntó Ivo ahora completamente despierto.

—Busqué desesperadamente una manera de entrar pero el muro es muy alto, estaba dispuesto a tocar cuando la mujer salió para buscar sus vacas y yo aproveché su distracción para entrar y ocultarme en el granero, luego te vi.

—Hay un coche... —comenzó a decir Ivo.

—Luego veremos cómo salimos de aquí, ¡hay que encontrar a los muchachos! —lo interrumpió el padre Emiliano— ¿Dónde está tu rifle?

—En el cuarto, creo.

—¿Está cargado? —preguntó el padre Emiliano resuelto.

—¿Usted sabe que...? —preguntó Ivo tímidamente.

—¿Qué no es un rifle de diábolos?, por supuesto muchacho. Desafortunadamente, conozco de armas. Escucha con atención, vuelve a la celda, ponte tu ropa y trae el rifle.

—¿Y usted, padre?

—Voy a investigar un poco, te veré aquí mismo, ¡anda! No perdamos tiempo.

En el laboratorio del doctor Labar...

—¡Corta te digo!— gritaba Athon Labar con ira.

—¡No puedo, amo! Nunca he matado a nadie indefenso, es una niña, amo.

—¡Eres un cobarde! Eso es lo que eres, un inservible limítrofe, ¡no me sirves para nada! ¿No comprendes que todo esto es por un fin supremo! —gritaba desquiciado el doctor.— ¡Escúchame! Voy a salir un momento, tengo que consultar unas notas, cuando regrese, espero encontrar los cuerpos de estos dos jóvenes sin vida ¿lo oyes? ¡Muertos! O el muerto serás tú —con un portazo, Athon Labar salió del laboratorio.

Capítulo 12

Capítulo 2

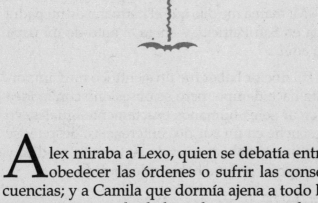

Alex miraba a Lexo, quien se debatía entre obedecer las órdenes o sufrir las consecuencias; y a Camila que dormía ajena a todo lo que ocurría a su alrededor, tal vez nunca sabría, moriría sin conocer su terrible fin.

—Padre Emiliano —susurraba Ivo.

—Aquí estoy, baja la voz.

—Tengo el rifle, nadie lo vio o no quisieron tomarlo.

—No son muy brillantes Ivo, ni el larguirucho ni su mujer. Pero hay uno del cual nos debemos cuidar, he estado escuchando, creo que se trata del doctor Athon Labar.

—¡Mi tío!

—¿Tu tío? ¿Qué quieres decir?

—No sé qué está pasando, padre, pero cuando usted me encontró, el auto, no fue mi imaginación, es el hermano de mi papá, sus cosas están adentro —hablaba Ivo atropelladamente.

—¿De qué hablas Ivo?, no entiendo nada.

—Mi mamá me dijo que el hermano de mi padre vivía en San Patricio, y ahora el auto de mi papá está aquí...

—El doctor Labar fue un científico muy importante hace tiempo, pero se obsesionó con la idea de crear seres humanos exactamente iguales, yo lo escuché en un par de conferencias, después se supo que le habían retirado su licencia médica y todo apoyo porque había enloquecido.

—¿Lo ha visto?

—Oí unos gritos que venían de aquel pasillo y me oculté detrás de ese pilar, cuando lo vi salir. Creo que Alex y Camila están ahí. Tenemos poco tiempo, debemos actuar con gran cautela, puede significar la vida de nuestros amigos, ¡o la nuestra!

—Padre, ¿cree que mi papá esté aquí?

—No lo sé, no pienses en eso ahora, concéntrate en rescatar a los muchachos, un paso a la vez, ven conmigo, tengo un plan...

Escondidos tras la puerta de la cocina, Ivo y el padre Emiliano escucharon los pasos lentos y pesados de Irina. Con increíble habilidad, el padre Emiliano sujetó a la mujer y la amordazó mientras Ivo observaba la acción sorprendido.

—Lo siento —decía el sacerdote, nunca me ha gustado maltratar mujeres.

—Yo también lo siento, Irina —se disculpaba Ivo.

—Busca un lugar donde podamos encerrarla.

—¡En la alacena, padre! Sobre esos costales de harina y arroz.

—Excelente lugar —dijo el padre mientras cubría la boca de Irina con su pañuelo—. Dame ese costal —ordenó al chico apuntando hacia unos costales vacíos junto al fogón. Con ayuda de un cuchillo, el sacerdote formó largas tiras de un costal con las que ató a la mujer, para después sentarla cómodamente sobre los sacos de harina dentro de la alacena. Pujando y resoplando, Irina se movía tratando de zafarse—. Buen trabajo, no dará ninguna lata.

—¿Ahora qué sigue padre?

—Algo más peligroso, ¡el marido de esta mujer!

—Podríamos esperar a que saliera del laboratorio y atraparlo entre los dos —sugirió Ivo.

—Esperar hasta que salga puede ser demasiado tarde, debemos actuar enseguida.

Como respuesta a sus palabras, un grito se escuchó claramente hasta la cocina, Camila había despertado, o quizá muerto...

—¡Esa fue Camila padre!

—Espero que no, hijo mío.

—¡Estoy seguro! ¡Mataré a ese canalla si le ha hecho daño!

—Dame el rifle Ivo, yo lo llevaré.

Alex apartó su vista al ver aterrorizado cómo un pedazo de piel había sido arrancado de la pierna de Camila, y cómo ella gritaba de dolor completamente despierta.

—¿Eso querías, no? —decía Athon Labar a Lexo—, Oírla gritar; no se puede trabajar así, es muy cruel, voy a necesitar otros pedazos.

—Pero está viva, amo.

—No lo estará por mucho tiempo si sigue gritando así. Es tu culpa Lexo, te di una orden —respondió el malévolo doctor.

—*Shhh, shhh* —le decía Lexo a Camila—, si te callas, no tendré que matarte. Camila enmudeció, la herida sangraba y el dolor era insoportable, pero el miedo la había paralizado y sollozaba lo más calladamente que podía. Alex se revolcaba como gato rabioso sobre el suelo, imposibilitado de ayudar a su amiga.

Afuera, con la oreja pegada a la puerta del laboratorio, el padre Emiliano hacia señas a Ivo para que se alejara unos pasos; adentro, el doctor Labar le ordenaba a Lexo.

—Llévate a este tigrillo de aquí —dijo refiriéndose a Alex—. No me deja concentrarme. No lo voy a necesitar hoy, me pone nervioso con tanto movimiento, enciérralo en una de las celdas.

—Sí, amo —obedeció Lexo echándose al hombro al chico.

—Y apresúrate a regresar, te necesito aquí, Lexo.

—Sí, amo.

El hombre salió con su carga al hombro y detrás de él, el padre Emiliano e Ivo lo seguían a distancia. Lexo abrió una de las celdas más próximas y arrojó a Alex al suelo diciendo:

—Pobre de ti muchacho, si no te mata el doctor Labar, te morirás de frío aquí.

—Muy considerado de tu parte —murmuró el padre Emiliano, dándole un fuerte golpe en la cabeza con la culata del rifle. Lexo cayó como fulminado por un rayo.— Esto es más efectivo que el chocolate. ¡Ivo!, desata a Alex y pásame las cuerdas y la mordaza —ordenó.

—Ahora mismo, padre, —con gran eficiencia Ivo sacó su cuchillo de montaña y cortó las ataduras de su amigo.

—No me puedo parar —dijo Alex—, creo que tengo la pierna rota.

—Espera un minuto —dijo el sacerdote arrastrando a Lexo al fondo de la celda. Amordazado y atado de pies y manos, Lexo dormía el sueño de la inconsciencia—. No dará guerra por un buen rato. A ver esa pierna —murmuró el padre Emiliano tocando suavemente la pierna derecha de Alex—. En efecto, parece el peroné.

—La sentí tronar cuando él me arrojó al piso, creí que iba a desmayarme, quise gritar pero tenía la mordaza muy apretada —dijo Alex mientras gruesas lágrimas resbalaban por su cara.

Capítulo 13

Con gran cuidado y extraordinaria fuerza, el padre Emiliano cargó a Alex.

—¡Vamos! Ayúdame Ivo, vamos a sacarlo de aquí, muy pronto el doctor Labar extrañará la ausencia de su ayudante.

—Déjenme aquí, vayan por Camila, el doctor Labar está trabajando sobre ella.

—¿Qué quieres decir con "trabajando sobre ella"? —preguntó el sacerdote.

—Él... le cortó un pedazo de piel y, ¡*Oh* Dios! No pude ayudarla padre, no pude ayudarla, lo que ocurre ahí adentro es monstruoso... —el llanto fluía copiosamente de los ojos de Alex quién lloraba como un niño.

—Todo va a estar bien —prometió el padre Emiliano—. Ivo y yo nos encargaremos, vamos a dejarte un momento. Hay una camioneta afuera. Te pondré en el asiento y entraremos por Camila ¡sé fuerte! Aguanta un poco más. ¡Ivo!, cuida mi espalda —ordenó entregándole el rifle, llevaré a Alex hasta la camioneta.

—Padre... —susurró Alex al oído del sacerdote—, Ivo no debe entrar ahí.

—¿Por qué? —respondió en voz baja.

—Porque su papá está ahí.

—¿Cómo?

—Está ahí, flotando en una sustancia amarilla, con la piel muy blanca y arrugada.

—¡No es posible! —exclamó el sacerdote con un rictus de dolor en la cara—. Este hombre es más peligroso de lo que imaginé. No te preocupes hijo, trataré de evitar que Ivo vea tan terrible imagen— colocó a Alex sobre el asiento cuando Ivo se acercaba a ellos.

—Toma esto —murmuró Ivo entregándole su cuchillo a Alex—. De algo te servirá; hasta puedes morderlo si el dolor es muy fuerte —agregó sonriéndole. El padre Emiliano le miró con pena, pensando en el dolor que se le avecinaba.

—Te diré lo que haremos —le dijo—, el doctor Labar piensa que tú estás durmiendo y que Alex está encerrado, así que entraré solo y lo tomaré por sorpresa.

—No padre, yo quiero entrar, entre los dos será más fácil.

—Espera, escucha lo que te digo, si por cualquier motivo él logra escapar, tú estarás preparado del otro lado de la puerta con este tronco que encontré en el patio, un solo golpe y lo pondrás a dormir.

—No padre, no me convence, es peligroso que entre usted solo.

—Peor es que él se escape, o que nos atrape a los dos. No sabemos qué artimañas tiene este hombre, recuerda que es un hombre muy inteligente. Te necesito en la retaguardia.

—De acuerdo, estaré preparado —accedió Ivo sin gran convencimiento.— ¡Bébelo! Te hará dormir, será más fácil —decía Athon Labar a Camila acercándole el frasco con el químico maloliente. ¿Dónde se metió ese necio de Lexo? Le dije claramente que te pusiera a dormir, en el sueño que no tiene dolor, *ja, ja, ja,* —reía el siniestro doctor Labar. La puerta se abrió y un hombre desconocido con un rifle en las manos lo miraba fijamente— ¡Fuera de aquí! —le gritó —Esto es propiedad privada.

— Se acabó, doctor Labar. Este es el fin de tus fechorías y monstruosos experimentos.

—No sabes lo que dices, yo aquí hago la ciencia del mañana. Con muchos problemas por gente ignorante como tú —respondió Athon Labar haciendo un gesto elocuente señalando a sus probetas gigantes. De pronto, por una fracción de segundo, el doctor Labar había logrado distraerlo. El sacerdote miraba horrorizado a seres humanos flotando en el viscoso líquido amarillento. Su distracción le bastó para escapar, arrojó el contenido del frasco que sostenía en la mano sobre los ojos del sacerdote y empujó la mesa donde yacía Camila hacia él antes de salir corriendo del laboratorio.

Ivo no tuvo tiempo de reaccionar tampoco, vio pasar corriendo al doctor Labar sin haber hecho siquiera el intento de atraparlo o golpearlo. Enloquecido por completo, Labar corrió hacia la camioneta, la misma camioneta donde el padre Emiliano había colocado a Alex con su pierna rota.

Mientras tanto, en el pueblo.

—¿Quién falta por revisar? —gritó el comisario.

—Pos...la casa del doctor deschavetado —contestó Juancho, uno de tantos ayudantes voluntarios que el comisario tenía.

—¡Qué! ¿ Ya hay paso? —preguntó el comisario con su rudo acento campirano.

—Pos sí, el Aurelio ya pasó, dizque hay un vado.

—¡*Ora* pues!, ¿hay o no hay paso?

—Pos yo digo que sí —insistió Juancho.

—Jirito, tú y Juancho vengan conmigo, vamos a revisar esa parte del río a ver si encontramos a los muchachos y al padrecito que faltaban. A lo mejor y están en la casa, o a lo pior, están ahogados.

—Ya es re-tarde patrón —protestó Jirito.

—Pero hay que hacer el trabajo Jirito, ¡vamonos! —concluyó el comisario y los tres se pusieron en camino.

Alex miraba con incredulidad la escena, el siniestro doctor corría hacia él. Intentó moverse al notar que se dirigía hacia él, pero un intenso dolor en la pierna se lo impidió.

—¡Ah! Estás aquí. ¿Qué han hecho con Lexo? ¿Dónde está Irina? ¡Necios! Ya no importa —exclamó subiendo al vehículo y poniéndose al volante. Metió la mano bajo el asiento y sacó un manojo de llaves—. ¡Vendrás conmigo! De un modo u otro me servirás *ja, ja, ja,* —reía como un loco mientras conducía a toda velocidad hacia el portón. Alex tocó el estuche de cuero que contenía el cuchillo de su amigo y sin titubear, lo clavó sobre el brazo derecho de Labar con todas sus fuerzas.

Capítulo 14

Capítulo 14

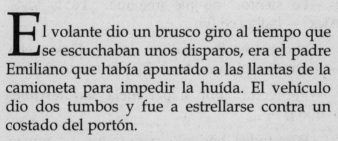

El volante dio un brusco giro al tiempo que se escuchaban unos disparos, era el padre Emiliano que había apuntado a las llantas de la camioneta para impedir la huída. El vehículo dio dos tumbos y fue a estrellarse contra un costado del portón.

Alex y Labar estaban desmayados, se habían golpeado contra el parabrisas. El padre Emiliano e Ivo corrieron a auxiliarlos.

—Saquemos primero a Labar, hay que atarlo rápidamente antes de que vuelva en sí. No tienes idea de la fuerza sobrenatural que tiene un loco —indicó el sacerdote.

—Pero... Alex, Camila... —protestó Ivo.

—Ellos estarán bien, vamos, ayúdame a bajarlo. —Una vez que aseguraron a Labar con fuertes cuerdas, el padre Emiliano le aplicó un torniquete sobre la herida que Alex le había causado en el brazo.— Cualquiera que sea su destino, sobrevivirá a esto —murmuró el padre pensativo.

—¿Quiere alguien ayudarme? —gritó Alex, quien ya se había recuperado del golpe.

—¡Estás bien, amigo! —gritó Ivo entusiasmado—. Fuiste muy valiente. Ahora iré por Camila.

—¡No! Espera, yo iré —lo detuvo el padre Emiliano—. Ella no está vestida —la cara del sacerdote se puso roja por la mentira.

—Lo siento... no me imaginé. ¿Tú la viste Alex?— balbuceó Ivo.

—No, yo estaba atado y de espaldas a ella —contestó rápidamente el chico mirando al piso.

—Pobrecita, ¡qué experiencia tan terrible! —dijo Ivo.

—Para todos, hijo mío, para todos... —agregó el sacerdote.

El sonido de un motor los sorprendió y el comisario con sus ayudantes entraron en ese momento.

—¿Qué carambas está pasando aquí? ¡Arriba las manos todos ustedes! —exclamó el comisario con la cacha plateada de su pistola brillando bajo la luz de la luna llena.

—Comisario, permítame explicarle —se adelantó el padre Emiliano.

—¡Padrecito Emiliano! No lo reconocí ¿pos qué pasó aquí? —dijo el simpático individuo guardando su pistola y saludando al sacerdote.

—Acompáñeme por favor, voy a mostrarle algo.

—Oiga pos, ahí tienen al doctor tirado y amarrado, no se ande usté metiendo en un buen lío padrecito.

—No mi buen amigo, confíe en mi, ya verá por usted mismo la razón de estos hechos.

El sacerdote y el comisario entraron en la casa rumbo al laboratorio, mientras Alex e Ivo, reponiéndose de las últimas impresiones, platicaban.

—Apuesto a que tu manual de supervivencia no te preparó para nada de esto —le comentó Ivo sonriente a su amigo.

—Ni para muchas otras cosas, ver a Camila sufrir, ha sido espantoso. Me sentí tan inútil, no pude defenderla.

—No te atormentes, no creo que nadie en tus condiciones hubiese podido, enfrentarse a un asesino loco; que además es mi tío... —Ivo dejó caer la información esperando la reacción de Alex—. ¿No dices nada?, ¿no te sorprende?

—Cuando escuché a Lexo llamarlo doctor Labar, no lo comprendí muy bien, a pesar de que tu apellido no es común, en ese momento no caí en cuenta de quién se trataba, pero después ocurrió algo que me hizo comprender.

—Ya, dime lo que sea, no te hagas el misterioso.

—Recordé que me habías comentado algo de buscar a un tío en San Patricio.

Al fondo se oía la voz del comisario llamando a sus ayudantes.

—¡Juancho! ¡Jirito! Vengan que vamos a sacar unos cuerpos.

—Ahí vamos comisario, ¿metemos la camioneta? —respondió Jirito.

—Sí, acérquenla al patio —indicó el comisario.

El movimiento y las voces distrajeron a los muchachos de su tema de conversación.

—¿Dónde está Camila que no viene? —preguntó Ivo.

—El padre Emilio debe estarla parchando —respondió Alex.

—No quiero ni saber lo que le hizo —dijo Ivo indignado.

—Creo que tu papá vino aquí cuando desapareció.

—¿Qué?, ¿por qué dices eso? —preguntó Ivo, recordando el auto que había encontrado en el granero. —¿Por qué crees que mi papá estuvo aquí?

—Es mejor que el padre Emiliano te lo explique —murmuró Alex.

Ivo se incorporó, una horrible sensación de angustia lo invadió y sin pensarlo más corrió hacia el laboratorio. Los ayudantes del comisario sacaban un cuerpo en ese momento cubierto por una sábana.

—¡Padre Emiliano! Padre... —la voz de Ivo se apagó poco a poco mientras su boca se abría cada vez más por lo que veía. Todavía quedaban algunos cuerpos en las gigantescas probetas, pero el cuerpo de su padre ya había sido retirado.

—¿Qué haces aquí, Ivo? Te pedí que esperaras afuera.

—Ivo, ¿estás bien? —le preguntó Camila quién caminaba hacia él renqueando un poco.

—Nunca imaginé.... —titubeó el chico.

—Ven, salgamos de este horrible lugar —dijo Camila tomándolo del brazo.

—Camila, has sido mi amiga de toda la vida, mi mejor amiga, contéstame, por favor —le pidió Ivo ansiosamente.

—¿Qué cosa? Cálmate Ivo.

—Alex dice que mi papá vino aquí cuando desapareció. ¿Qué sabes tú? ¿Oíste algo? ¿Dijo algo el doctor Labar de su hermano?

—El padre Emiliano me ha pedido que no te diga nada hasta que él hable contigo, déjame cumplir mi palabra Ivo, por favor.

—¿Está muerto? ¡Dímelo Camila!

—Habla con Lexo si puedes, antes de que se lo lleve la policía, ¿sabes dónde está?

—Sí, lo sé —respondió Ivo.

—Yo te acompañaré —ofreció la chica.

Capítulo 15

Capítulo 15

Ivo y Camila encontraron a Lexo confundido y con un fuerte dolor de cabeza, todavía arrinconado dentro de la pequeña celda. Ivo se acercó y retiró la mordaza que le cubría la boca.

—¿Dónde está el amo? —preguntó Lexo atemorizado al ver que era Camila una de las dos personas que entraban.

—Toda ha terminado, Lexo —le dijo Ivo—. La policía está aquí.

—¡Irina!, ¿dónde está mi mujer? —gritó Lexo alarmado.

—Necesito hablar contigo Lexo —pidió Ivo.

—¡Irina! —gritaba el hombre tratando de zafarse de sus ataduras. Camila se acercó a él.

—Escucha Lexo —le dijo la chica con tono tranquilizador—, Irina está bien, y tú estarás bien si nos ayudas en esto. Te prometo decir a la policía que no me hiciste daño, que lo ocurrido no ha sido tu culpa directamente, pero tienes que responder a las preguntas de mi amigo, no tenemos mucho tiempo.

—¿Qué quieren? —respondió desconfiado.

—Soy Ivo Labar, mi padre era Adán Labar y necesito saber que le sucedió— dijo Ivo. El rostro de Lexo se contrajo en una mueca de terror y balbuceó— Yo no sé nada, no sé nada.

—Lexo —insistió Camila—, si tú no me ayudas, yo no te ayudaré con la policía.

—Tienes los mismos ojos de ellos —murmuró Lexo mirando al muchacho. Tu papá era una buena persona.

—¿Estuvo aquí verdad? —preguntó Ivo.

—¿Qué le han hecho a mi Irina? —insistía Lexo.

—Nada todavía, pero tienes que hablar Lexo, de otra manera... —amenazó Ivo.

—El doctor me acusará, dirá que fui yo, que fue mi culpa.

—No lo hará si tú me dices la verdad primero — respondió el muchacho.

—Hace mucho tiempo, como dos años ya que el señor Adán vino a ver a su hermano. El doctor estaba trabajando con animales pero no servían para los experimentos. Quería humanos. Comencé a conseguirle difuntitos, pagábamos buena plata al enterrador, pero el doctor Labar quería más y todo se fue haciendo más difícil. El señor Adán se dio cuenta de lo que estaba pasando y ese día discutieron. Le dijo que lo llevaría a un hospital, que necesitaba ayuda. Mi amo se enojó mucho, pelearon y yo... no quería que maltrataran a mi amo. Empujé al señor Adán y al caer se golpeó la cabeza. No pudimos revivirlo, mi amo se puso como un loco, quería mucho a su hermano. Nunca volvió a ser igual. A veces parecía normal, pero otras... es la verdad, ¡lo juro por mi Irina que es lo que yo más quiero en el mundo! —Lexo suplicaba perdón para su mujer y repetía que él no había querido hacerlo. Ivo estaba pálido y callado. Camila lo abrazó para consolarlo.

—¿Estás bien Ivo? —le dijo viendo que su amigo lloraba en silencio.

—En el fondo yo sabía que papá no me había abandonado, él me quería tanto Cami, nunca me hubiera abandonado. Ahora al menos ya sé lo que pasó. Ni siquiera puedo sentir rencor hacia este pobre hombre, es sólo un hombre débil en circunstancias adversas.

—Ahora tendrán que pagar por sus errores —dijo la chica—. Salgamos de aquí, un poco de aire te hará bien.

—Una sola cosa más Lexo, ¿dónde enterraron a mi padre?— Lexo miró a Camila abriendo mucho los ojos y no contestó.

—Déjalo, Ivo, vamos afuera— pidió la chica tomándolo del brazo.

Atontado por el dolor, Ivo obedeció mansamente. La sensación de náusea había vuelto y sintió que iba a vomitar de un momento a otro.

—Padre gritó Ivo—. ¡Padre Emiliano! —con la voz quebrada por el llanto. El sacerdote salió de detrás de la camioneta donde él y el comisario trataban de cambiar la llanta que se había reventado a causa de los disparos.

—Llora, hijo mío —le dijo al verlo—. Es un momento para sufrir, y yo sufro contigo.

—Yo lo esperaba padre, lo esperaba siempre y ahora sé que no volverá —murmuró Ivo.

—Tal vez él te trajo aquí para que fueras tú el que parara esta locura y lo encontraras.

—Estaré bien, padre —dijo reponiéndose un poco—. ¿Dónde están Alex y Camila? Me olvidé de ellos.

—No te preocupes, ella estará bien, cosí su herida y sólo le quedará una bonita cicatriz en recuerdo de esta aventura, como dijiste, ¡es una chica muy valiente! Alex ya se fue al pueblo en la camioneta del comisario, uno de los ayudantes lo llevó al médico para que lo entablillen y pueda hacer el viaje de regreso —la voz del comisario interrumpió la conversación.

—¡Oiga padrecito! No me deje aquí con la talacha —exclamó enfadado—, Si me he imaginado lo que me iba a encontrar, traigo más gente.

—Ya voy mi buen amigo, ¡qué nos dura esa llanta! —contestó el sacerdote.

Capítulo 16

Todos acudieron al entierro del papá de Ivo. Sus compañeros de trabajo, así como los amigos y vecinos que lo conocieron y estimaron y que no comprendían el por qué de su desaparición. Ahora su cuerpo reposaba en tierra sagrada. En cierta forma, el corazón de sus seres queridos descansó también.

—Déjanos ver tu cicatriz Camila, tenemos derecho, después de todo, vivimos esta aventura juntos —insistía Alex.

—Ya déjala en paz, ¿podemos hablar de otra cosa? Tenemos semanas dándole vuelta a lo mismo, tratemos de olvidar, la vida sigue —dijo Ivo.

—¡Oye! Como tú no tienes que cargar un yeso en la pierna —protestó Alex.

—Haremos un trato, yo no te voy a enseñar la cicatriz, pero te pondré un mensaje en el yeso para que no te parezca tan odioso tener que cargarlo —ofreció Camila. Ambos chicos la miraron sacar una pluma de su bolsa y escribir sobre el yeso.

—¡Listo! —anunció Camila— ahora tengo que irme, prometí a mamá ayudarla a hornear galletas. Nos vemos mañana en la escuela —agitando la mano Camila se alejó.

—¿Qué dice? —preguntó Ivo curioso.

—¡Que te importa! —contestó Alex cubriendo el mensaje con la mano.

—No seas así, ¡déjame leerlo!— insistió Ivo tratando de retirar la mano de su amigo. Tras forcejear un poco y riendo como niños, Ivo logró ver lo que la chica había escrito: "Para el más valiente, con amor, Camila" —leyó Ivo en voz alta.

—¿Qué? —lo increpó Alex—, ¿no vas a decir nada?

—Sólo diré —anunció Ivo imitando la voz grave del padre Emiliano—, "que no todo es lo que aparenta".

—¿Y eso qué quiere decir?

—¡Que el más valiente soy yo! —exclamó Ivo, lo cual los llevó a una discusión interminable.

Meses después, en un hospital para enfermos mentales.

—Es hora de su medicina, doctor— dijo el enfermero abriendo la celda de alta seguridad donde se encontraba recluido el doctor Athon Labar.

—No necesito nada, ya se los dije, estoy perfectamente.

—Su salud física sí doctor, pero su salud mental necesita ayuda —respondió el enfermero.

—La única ayuda que yo necesito ahora es de mi hermano, él vendrá por mí.

—No doctor, su único hermano murió, ¿no lo recuerda?

—E0se hermano no, otro hermano que yo tengo... un hermano gemelo.

Esta obra se terminó de
imprimir en agosto de 2003
en los talleres de
Litográfica Ingramex S.A. de C.V.
Centeno 162-1, Col. Granjas Esmeraldas
C. P. 09810 México, D.F.

El tiraje consta de 5 000 ejemplares
más sobrantes de reposición.